HARQUIN

el zorro que bajó al valle

*Narración
e ilustraciones
de*

JOHN BURNINGHAM

susaeta

miñón

Colección Albumes Ilustrados

A Lucy

Título original: "Harquin, the Fox who went down to the valley"
© 1967 Jonathan Cape Ltd., Inglaterra
© De esta edición, SUSAETA, S. A., 1990
C/ CAMPEZO S/N - 28022 MADRID
I.S.B.N.: 84-355-0437-9
Depósito Legal: VA-398-1975

Esta es la historia de Harquin, el zorro.
Harquin vivía con su familia en lo alto de una
colina, donde no les molestaba nadie, porque
aunque al dueño de la finca y a su
guardabosques les gustaba cazar zorros, no
sabían que ellos estaban allí.

Los padres de Harquin repetían constantemente a sus hijos: «Podéis jugar aquí, en la colina, pero no bajéis al valle. Si os vieran los cazadores, podrían seguiros, y nunca más estaríamos seguros.»

Pero Harquin se aburría de jugar siempre en lo alto de la colina.

Por la noche, cuando todos dormían, solía bajar al valle a escondidas. Allí había muchas cosas interesantes. A Harquin le gustaba oler las flores que crecían en los jardines.

En el valle había también unos pantanos muy peligrosos, que nadie se atrevía a cruzar por miedo a quedar atrapado en el lodo. Pero Harquin descubrió un camino secreto para cruzarlos y, al otro lado, cazaba conejos y gallinas.

Una tarde, el padre de Harquin reunió a toda la familia, y dijo: «Tengo motivos para pensar que uno de vosotros ha estado saliendo de noche. Quiero volver a preveniros a todos del peligro que supone bajar al valle. Acordaros de lo que le pasó a vuestro tío», añadió, señalando el retrato que estaba colgado en la pared. «Le mataron unos cazadores.»

Pero Harquin no escuchaba. Solía cruzar el pueblo corriendo, para que nadie le viera.

Una noche, cuando Harquin volvía a casa, le vio el guardabosques.

¡Bang! ¡Bang!, sonó su escopeta. El disparo no hirió a Harquin, pero le dio un buen susto.

«No sabía que hubiera zorros por estos lugares», pensó el guardabosques. «Tengo que decírselo al señor, para que venga a cazar por aquí.»

Los padres de Harquin oyeron los disparos, y le vieron entrar en casa corriendo. «Ya te lo había advertido», le dijo su padre. «Ahora nos encontrarán los cazadores, y nos matarán.»

«¿Qué podemos hacer?», decía su madre, llorando.

Al día siguiente, el guardabosques fue a ver al señor y le contó su encuentro con el zorro. «¡Bien!», dijo el señor. «Iremos a cazar allí el sábado. Nunca hemos subido a la colina. No sabía que hubiera zorros por esa zona.»

Los padres de Harquin temían que en la próxima cacería fueran a buscarles. «De todos modos, será mejor que nos quedemos aquí con la esperanza de que no descubran nuestra casa», dijeron los padres a sus hijos.

Pero Harquin había hecho ya sus planes. «Tengo que alejar a los cazadores de aquí», pensaba.

El sábado por la mañana, muy temprano, Harquin bajó al valle y se escondió entre unas malezas, desde donde podía ver a los cazadores que se preparaban en la plaza del pueblo. El señor tocó la corneta y los cazadores se pusieron en marcha. Harquin corrió delante de ellos y esperó...

... hasta que estuvo seguro de que los cazadores le habían visto.

El señor gritó:
«Ya estamos cerca de él.»

Harquin corría todo lo que podía mientras pensaba: «Si logro alcanzar el pantano a tiempo, estoy salvado.»

Por fin llegó al borde del pantano y se metió por el camino secreto.

Pero los perros, los caballos y los cazadores
no conocían el camino y...

¡Plof! ¡Plaf!, todos cayeron en el lodo.

El señor, que había caído de cabeza en el fango, estaba hecho una furia y gritaba: «Llamad a los perros. No podemos cazar en este lodazal. Los perros no pueden encontrar el rastro y los perderemos.»

Estaba tan furioso que rompió su fusta gritando: «¿Dónde está el guardabosques que propuso esta cacería?»

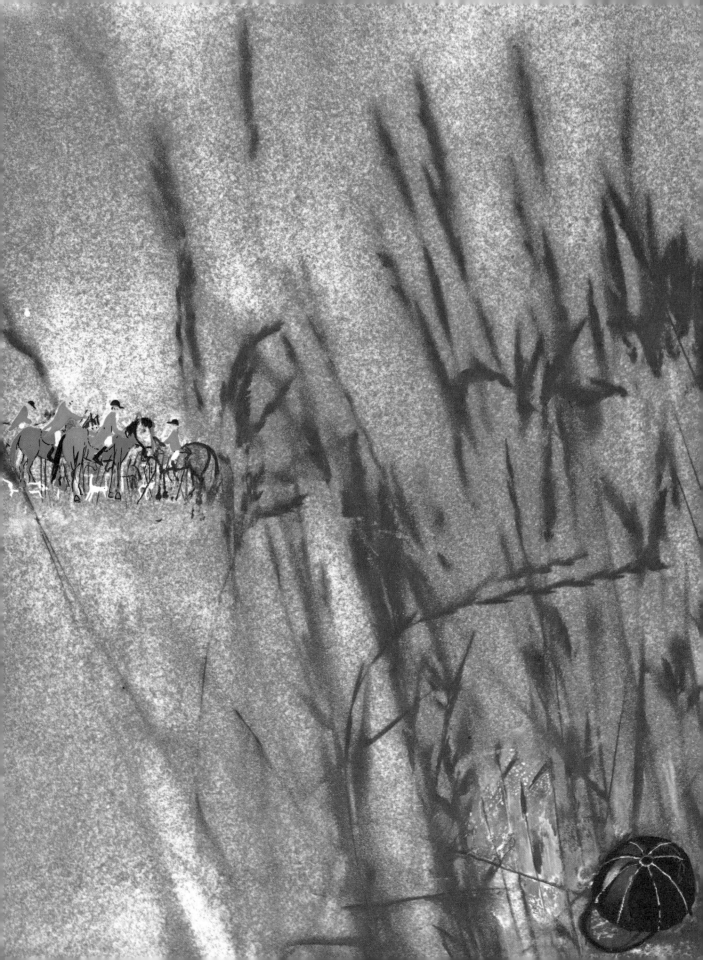

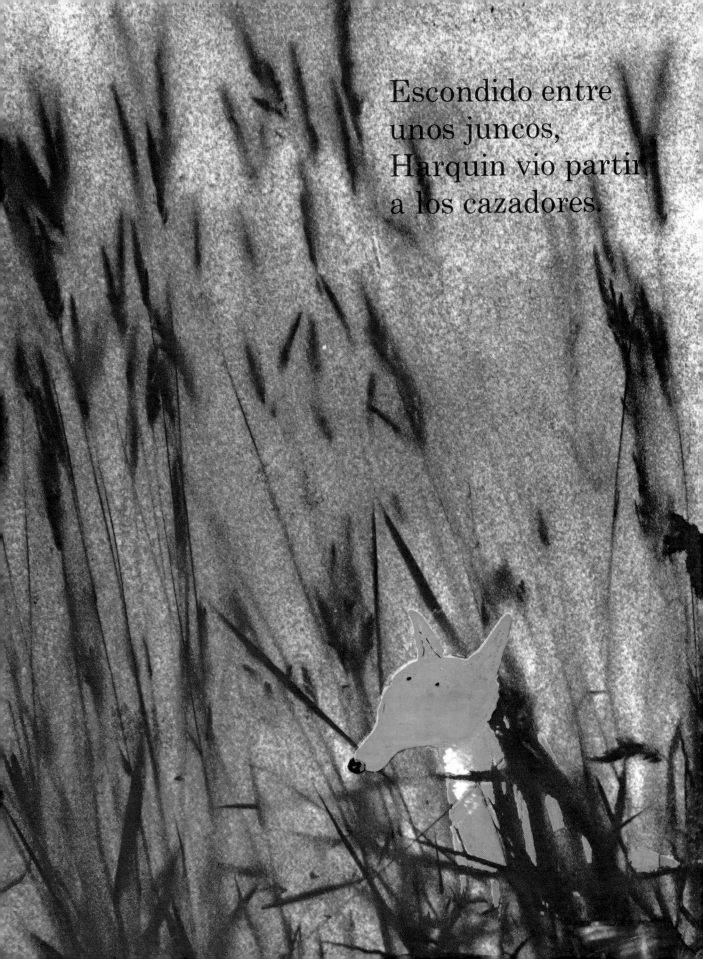

Escondido entre
unos juncos,
Harquin vio partir
a los cazadores.

Cuando estuvo completamente seguro de que se habían ido, se aventuró a salir, llevándose como recuerdo el sombrero que el señor había perdido en el pantano. Su familia se alegró mucho al verle llegar sano y salvo, y salió a recibirle.

Así, los zorros pudieron vivir en paz y andar libremente por el valle, pues ya nadie volvió a cazar por allí.

Ahora Harquin tiene su propia familia y sus hijos viven con él en la misma casa. Algunas noches, antes de irse a dormir, les cuenta la famosa cacería. Todos escuchan con atención sus historias, menos uno, que se aburre.

¡Quiere ir más allá del valle!